Une histoire de fous

collection libellule
sous la direction de
Yvon Brochu

De la même auteure

Aux éditions Héritage :
La revanche du dragon, 1992
Un voyage de rêve, 1993
Les cartes ensorcelées, 1993
C'est pas tous les jours Noël, 1994
Lia et le nu-mains, 1994
Mes parents sont fous, 1995
Lia et les sorcières, 1995
Lia dans l'autre monde, 1996
Fous d'amour, 1997
Le cadeau ensorcelé, 1997
La tête dans les nuages, 1997

Aux éditions Pierre Tisseyre :
Micha au grand magasin, 1990
Micha et la visite, 1991
Mozarella, 1994

Une histoire de fous

Danielle Simard

Illustrations
Philippe Germain

Données de catalogage avant publication (Canada)

Simard, Danielle, 1952-

Une histoire de fous

(Collection Libellule)

Pour les jeunes de 8 à 12 ans.

ISBN 2-7625-4118-2

I. Titre. II. Collection.

PS8587.I287H57 1998   jC843'.54   C97-941352-4
PS9587.I287H57 1998
PZ23.S55Hi 1998

Sous la direction de Yvon Brochu, R-D création enr.
Conception graphique de la couverture : Diane Primeau
Illustrations : Philippe Germain
Révision-correction : Julie Adam
Mise en page : Hypocrite inc.

© Les éditions Héritage inc. 1998
Tous droits réservés
Dépôts légaux : 1ᵉʳ trimestre 1998
Bibliothèque nationale du Québec
Bibliothèque nationale du Canada
ISBN : 2-7625-4118-2   Imprimé au Canada

Dominique et compagnie
Une division des éditions Héritage inc.
300, rue Arran, Saint-Lambert (Québec) J4R 1K5
Téléphone : (514) 875-0327
Télécopieur : (514) 672-5448
Courrier électronique : heritage@mlink.net

Nous remercions le Conseil des Arts du Canada de l'aide accordée à notre programme de publication, ainsi que la SODEC et le ministère du Patrimoine canadien.

À Marianne,
ma nièce aux
mille questions.

Chapitre 1

Novembre
au fond des bois

C'est vrai, je me plains tout le temps.
Mais il y a de quoi, non ? Je voudrais vous
y voir, vivre au fin fond des bois. Je voudrais vous y voir, vivre avec dix adultes.
Dix savants et pas un autre jeune à cin-
quante kilomètres à la ronde. Oui, je
voudrais vous y voir !

Qui ça, « vous » ?... Je ne sais pas. Je vous
invente. Ça me fait du bien d'imaginer
d'autres jeunes qui m'écoutent. Qui me
comprennent. Et à qui je peux me plaindre.

La forêt, ce n'est pourtant pas si mal. Il m'arrive même d'être content d'y vivre. Au printemps surtout, quand il y a plein d'oiseaux qui chantent et de bourgeons qui éclatent. L'été aussi, quand les feuilles brisent le soleil en petits éclats de rire. L'hiver, quand c'est doux, doux, moelleux comme la neige que le vent n'atteint pas. L'automne, même, quand l'or valse en l'air et craque sous les pieds. Mais ça, c'est seulement au début de l'automne... car en novembre, le fin fond des bois devient absolument lugubre.

Le ciel noir déverse des océans d'eau glacée. Les arbres ont l'air de demander pitié, avec leurs branches nues qui dégoulinent. Et moi, le front collé sur la vitre, je me sens comme le temps. Absolument lugubre.

Freydis est partie à Montréal. La seule vraie amie que j'aie jamais eue. Plus qu'une amie. Ma blonde. On a passé cinq mois formidables ensemble. Maintenant, je lui écris autant que je peux. J'ai si hâte au printemps prochain! Elle va revenir chez sa tante Irma, notre voisine. Mais en attendant...

En attendant, j'ai le cœur en mille miettes. J'ai perdu le goût de tout. Même que je n'allume presque plus Zen, mon autre grand ami. Mon robot. Ce n'est pas gentil, je sais. Mais bon, tant qu'il est éteint, Zen ne se rend compte de rien. C'est l'avantage des amis robots. On peut les abandonner sans qu'ils en souffrent.

Des fois, j'aimerais bien l'avoir aussi, ce petit bouton *ON/OFF* de Zen. Novembre à *OFF*, ce serait parfait.

Parfait pour moi. Pour mes dix savants, c'est tout le contraire. Rien de meilleur pour les génies qu'une lugubre saison. En parfaite harmonie avec les cellules grises de leur cerveau. Ne les distrayant en rien de leurs calculs.

Pendant ce temps, ils ne vérifient même pas si je fréquente mon école électronique. Trop occupés! Mes logiciels éducatifs attendent. Je sais qu'on exige de moi cinq heures par jour à l'ordinateur. Mais... le front collé à la fenêtre, je laisse s'échapper les heures. Et il n'y a personne pour m'aider à les rattraper.

J'ai pourtant seulement douze ans. Ces foutus adultes devraient me surveiller, non? Je veux bien être l'élève de leurs brillants logiciels, mais de là à devenir mon propre surveillant de cours... Qu'est-ce que je suis en train de raconter? Douze ans, c'est très vieux. D'habitude, je suis le premier à l'affirmer haut et fort. Non, je ne sais vraiment plus quelle excuse inventer pour rester écrasé contre cette vitre.

Zouinnngg!

Tiens! l'avertisseur des frères Millbits.

– Entrez! que je crie.

Et les voilà qui apparaissent dans ma chambre. Pas vraiment eux. Leur image. Je peux d'ailleurs passer la main au

travers. Ils ont l'air plus fous que jamais.
Le sourire plus large que la face. Les yeux
allumés comme des phares.

– Ah! Étienne, faut que tu viennes à la
maison, lance Jean Millbits.

– Oui, viens tout de suite, ajoute son

frère, Antoine. On va te faire essayer un truc sensationnel.

– Oh! je les connais, vos trucs débiles, que je réponds. Et je vous les laisse.

– Pour qui tu te prends, Étienne Lalumière? se fâche Antoine. C'est loin d'être débile et en plus, c'est inoffensif. Je te jure!

– Et puis, si tu viens, tu ne le regretteras pas, insiste Jean. Plaisir garanti!

– Encore un jeu électronique? que je demande.

– Un jeu comme tu n'en as jamais vu! s'exclame Jean.

– «Vu»? rétorque Antoine. Pas seulement «vu». Un jeu comme tu n'en as jamais vécu, senti, ressenti... Le jeu intégral! Et plus encore!

Antoine et Jean se regardent d'un air entendu. Comment résister à de telles promesses?

Chapitre 2

Le nouveau jeu

J'aime bien les frères Millbits. Ce sont les plus jeunes ici. Et puis, avec leurs recherches sur les jeux électroniques et la réalité virtuelle, ils ne sont pas ennuyants... seulement un peu, beaucoup, énormément fous! Rien n'empêche les Millbits de se jeter tête baissée dans les inventions les plus loufoques. Jean est même resté emprisonné dans l'un de ses premiers jeux.

Oui, il avait trouvé le moyen de passer de l'autre côté de l'écran. Faut dire qu'ils ont de qui tenir, les frérots. Le père

Millbits a plusieurs fois prouvé qu'il était le plus fou des savants fous de notre petit patelin. Un titre difficile à décrocher. La concurrence est forte, je peux vous le garantir!

Mes parents, en tout cas, travaillent d'arrache-pied pour y parvenir. Ce qui fait qu'ils ne sont pas là, présentement, pour voir mon hydrocoptère décoller. Tant mieux. Ils n'approuveraient pas que je me promène par ce temps de vent et de pluie. Quoiqu'ils me pardonneront mon escapade (si jamais ils la découvrent): ici, tout est permis quand il s'agit de l'avancement de la science! Et il s'agit sûrement de ça. Les Millbits sont toujours moins pressés de me voir m'amuser que de m'utiliser comme cobaye.

À vol d'oiseau, il n'y a que dix minutes pour passer de notre lac au leur. Sauf qu'aujourd'hui, on devrait plutôt parler de vol de kangourou. Avec cette tempête, j'ai l'impression de m'être jeté dans un mélangeur géant. Impressionnant, mais pas vraiment apeurant : les prototypes de mes parents résisteraient à un cyclone. Ah ! voilà le lac Aux trois mille bits.

J'amerris entre deux eaux déchaînées : il en monte autant du lac qu'il en tombe du ciel ! Pourtant, grâce au dispensateur de sécheresse pendu à mon cou, je reste au sec du quai à la maison. Il s'agit d'une invention d'Icare, l'oncle de Freydis. Une petite bille qui, lorsqu'elle est activée, élimine toute humidité dans un rayon d'un mètre. Bien sûr, ils savent parfois se faire apprécier, mes chers savants...

Jean et Antoine m'attendent à la porte, toujours aussi excités. Je les suis dans leur laboratoire.

– C'est chouette que tu sois venu ! déclare Antoine. On voulait absolument connaître la réaction d'un être ordinaire face à notre jeu.

– Merci pour le « ordinaire », dis-je. Sachez, messieurs les génies, que je le prends comme un compliment !

– Bah! tu sais ce qu'on veut dire, se reprend Antoine. C'est nous qui l'avons créé, ce machin. Alors, quand on l'essaie...

– Ça va, j'ai très bien compris.

Avec un sourire penaud, les deux frères m'installent dans une espèce de fauteuil d'astronaute, superconfortable. Le jeu se trouve dans un casque couvrant le crâne, les yeux et les oreilles. Celui-ci enfoncé, je n'aurai qu'à me laisser emporter dans le monde virtuel des frères Millbits. J'y serai le personnage du jeu, avec pour seul outil ma volonté : reléguées aux oubliettes, les manettes! Pour cesser de jouer, il me suffira de bien le vouloir. On me recommande d'aller jusqu'aux trois portes, d'en franchir une, de m'attarder un peu et de revenir.

– Ça te va? demandent d'une même voix Jean et Antoine.

Je mets le casque. Départ instantané : adieu novembre et la pluie! Me voilà précipité au grand soleil, sur une plage magnifique. Je cligne des yeux, aveuglé par la lumière. Les vagues turquoise viennent mourir à mes pieds. Tout y est: la chaleur et la brise sur la peau, les odeurs, les bruits... et moi aussi. Enfin, mon image seulement. Sauf que je me sens présent tout entier dans ce décor virtuel. Sacrés Millbits!

Rigolo, cette serviette étendue sur la plage. Le jeu consiste-t-il à se laisser dorer au soleil virtuel?

Oups! non. Je ne me suis pas assis sur une serviette, mais sur un tapis volant. Agrippé au bout de tissu, le souffle coupé, le cœur lancé dans les pieds, me voilà qui pique au ciel comme une fusée. Aaassssez!

Ha! ha! super! Il suffisait que j'en aie envie pour que mon tapis se calme et parte, bien pépère, survoler la brousse qui borde la plage. Couché à plat ventre sur ma carpette, je laisse pendre la tête à l'avant. J'ai amplement le temps d'admirer les cascades à travers le feuillage des arbres géants. D'entendre chanter les perroquets qui volent un peu plus bas.

Le temps en masse! On dirait un voyage organisé par le Club de l'âge d'or des jeux électroniques. Les frères Millbits en sont-ils rendus à simuler des expéditions touristiques pour joueurs au repos?

Pas le moindre dragon, aigle sournois ou chevalier noir à l'horizon. Seulement une jolie chaîne de montagnes, vers laquelle le tapis m'entraîne... et se traîne. Plus vite! Plus vite, tapis! Viiiite!

Yahou! là tu parles! Ma peau va se détacher de mes os et partir au vent. Me revoilà un obus, OUIIII! fonçant sur les montagnes... NOOON! Je me jette à l'arrière du tapis, comme si ça pouvait m'éviter de finir écrabouillé sur le roc. Ouf! À un centimètre de l'impact, ma monture vire à quatre-vingt-dix degrés.

Plus vite que l'éclair, nous nous faufilons entre des pics rocheux que je vois à peine défiler. Le scénario se répète à l'infini: nous n'évitons une collision que pour mieux en risquer une autre. Je crie à m'en disloquer la mâchoire. Je crie de plaisir. Il n'y a rien de plus amusant que d'avoir peur... quand on sait que c'est pour rien.

Oh! nous avons presque traversé

la chaîne de montagnes. Derrière les quelques pics restants, apparaît un nouveau paysage, beaucoup plus simple. Il y a toujours le même ciel bleu. Mais le sol, ici, ne présente qu'une étendue grise. Un désert d'asphalte, au milieu duquel se dresse, seule, une pyramide de verre.

Mon tapis perd de l'altitude. Il fonce vers l'étrange construction. Il va percuter le mur de verre! Je rentre la tête dans les épaules, les bras repliés en avant pour me protéger des éclats de vitre. Rien. Nous avons traversé le verre comme Alice a traversé le miroir.

Le vol se poursuit le long d'un corridor sombre. Tout droit vers un mur! Nouveau virage à quatre-vingt-dix degrés. Et nous filons ainsi d'un corridor à l'autre. Vais-je me perdre dans un labyrinthe? Le scénario sent le déjà vu. Et la peur pour rien, ça finit par s'émousser... Je ne m'amuse plus beaucoup.

Je pense même à quitter ce jeu, quand

enfin, mon tapis se pose devant les trois portes. Trois portes de bois, bien ordinaires. J'y vais! j'en ouvre une. Dans ma famille, on ne recule pas : on avance avec la science!

Chapitre 3

Quand le jeu devient fou

La plage, la brousse, les parois rocheuses et le labyrinthe m'en ont mis plein la vue. La réalité virtuelle des frères Millbits est toujours tellement réussie! Peut-être trop. Trop léchée, trop parfaite. Ça a l'air vrai, oui. L'air, rien de plus.

Mais une fois la porte passée... le miracle! J'en pleure, j'en ris; qu'est-ce qu'on est bien ici! Je comprends mieux les allusions des Millbits, tout à coup. Un jeu que l'on ressent...

Une fois la porte passée, toutes les

portes disparaissent. Plouf! on a plongé dans un autre monde. Un monde merveilleux. Les couleurs sont si étranges, pas banales du tout. L'air est si doux, on a l'impression d'y couler.

Dans cette partie du jeu, plus rien n'a l'air vrai; et pourtant, on sent que tout l'est. Même si le ciel et le paysage se métamorphosent sans arrêt, comme dans un rêve, ça paraît tout naturel.

Ici, je n'ai plus de poids. Je deviens aussi léger qu'une pensée oubliée. Aussi léger que ce qui m'entoure et se transforme tel un mirage. La montagne qui fond en un lac rose. L'oiseau qui babille comme un bébé et qui, dès son envol, devient une feuille de bouleau portée par la brise. Un soleil qui se couche, un autre qui se lève et... et...

– Salut!

Oh! il vient d'apparaître, assis en tailleur sur une grosse roche moussue. Un garçon de mon âge, les cheveux noirs

en broussaille, le sourire jusque dans les yeux. Pour une surprise, c'en est toute une. Les Millbits avaient-ils un autre cobaye que moi? Complètement débile! J'éclate de rire et je demande:

– D'où sors-tu?

– Tu parles d'une question ! s'étonne l'apparition.

– Bien... c'est que je ne t'ai jamais vu chez les Millbits. Tu es arrivé après moi ? Ou... tu joues à partir d'une autre pièce de la maison ? D'une autre maison ? Jean et Antoine ont voulu me faire une surprise ?

Le garçon saute de son rocher, l'air intrigué.

– Tu ne m'as jamais vu chez qui ? questionne-t-il.

– Les Millbits.

– Connais pas, fait-il en haussant les épaules.

– Mais tu es en train de jouer, là, non ?

– Bah, oui... De toute façon, je joue tout le temps. Pas toi ?

– Non, pas vraiment, que je réponds. Euh, alors... disons... Où est ton corps ?

Bon! Je lui aurais demandé s'il cachait un éléphant rose dans le creux de son oreille qu'il ne m'aurait pas regardé autrement. De toute évidence, il se demande si moi, j'en ai pas tout un troupeau qui me cavale dans le ciboulot.

– C'est une énigme? tente-t-il enfin.

– Mais non!

– Alors là, je ne comprends pas.

Je m'énerve et lance:

– Bien quoi! Moi, mon corps, il est chez les Millbits. Et le tien, il est où? C'est pourtant simple comme question!

– Je vais t'en apprendre une bonne, rigole le garçon qui se met à sauter à pieds joints. Ton corps, il est comme le mien, il est ici!

– Je parle de ton VRAI corps!

Le garçon se jette par terre, étouffé de rire. Ses cheveux, comme l'herbe, dansent au vent. Pourtant, je ne sens pas de vent. Mes cheveux à moi restent bien sages.

Ça alors...

Ce garçon ferait, lui, partie du jeu? Il serait une création des Millbits? Ah! ils sont forts, les frérots! J'ai du mal à y croire. Un personnage avec lequel on peut parler... comme à une vraie personne. J'insiste encore :

– Tu ne fais pas de blagues, là? Tu es certain que tu ne connais ni Antoine ni Jean?

– Juré! Et toi, comment t'appelles-tu?

– Étienne.

– Moi, c'est Ludo, m'annonce-t-il en se remettant debout. Alors, c'est fini, les questions idiotes?

– Heu... ouais.

– À quoi on joue?

– Oh... je te laisse choisir, dis-je un peu décontenancé.

Après tout, il doit être programmé pour ça.

Eh bien, sans doute pas! Voilà Ludo qui me refait sa mine ahurie.

– Elle est bonne, celle-là! s'exclame-t-il. Tu es vraiment bizarre, toi. Les gens que je rencontre d'habitude ont toujours tellement d'idées pour moi. Tout plein!

– Ah bon... et tu en rencontres souvent? que je demande.

– De temps en temps.

– Ici?

– Ici et là.

Après tout, à quelle sorte de révélations peut-on s'attendre de la part d'un personnage de jeu? «Ici et là», c'est déjà pas si mal.

Ici, pour l'instant, ça prend les allures

d'une forêt. Mais pas du tout comme celle où j'habite. Non, une forêt aux arbres changeants, terriblement colorés, avec des troncs plus larges que mes bras écartés et des cimes qui vont se perdre à travers des nuées d'oiseaux.

– On joue aux oiseaux! s'exclame soudain Ludo.

– Quoi?

– On prend leur place, m'explique-t-il en suivant des yeux une paire de geais bleus.

– Comment ça?

– Tu veux? insiste Ludo.

Pour vouloir, je veux. Et... ça suffit. Lancé au faîte de l'arbre, je me pose sur une petite branche. Je suis un oiseau! Ludo aussi. Tout autour de nous, le ciel est orangé, zébré de nuages mauves. Au loin, une mer turquoise se métamorphose rapidement en champ de pissenlits, juste au moment où une baleine saute hors de l'eau. L'énorme bête reste figée au-dessus des fleurs! Elle verdit. Du champ monte un tronc qui déploie mille branches, jusque dans la baleine devenue feuillage de chêne.

Il n'en faut pas plus pour que Ludo et moi, nous nous élancions à tire-d'aile vers ce nouvel arbre. Je pense à Freydis, ma blonde que j'appelle ma belle oiseau. Comme elle aimerait ça! Et comme j'aime ça, moi aussi! Mon cœur d'oiseau bat à tout rompre. Je pique dans la fraîcheur du feuillage et soudain... Ludo, le geai bleu, se change en poisson rouge! Tandis que je l'imite, le chêne redevient baleine. Le champ redevient mer. Et nous y plongeons tous les trois. Ludo fend l'eau en battant de la queue. Je pars à sa poursuite, vif et tranchant, tout ébloui.

Le poisson-Ludo étire les bras et les jambes. Il reprend sa forme humaine. J'ai beau à mon tour redevenir garçon, l'eau ne me gêne en rien pour respirer.

Bientôt, nous grimpons sur la berge. Aussi secs que si nous sortions du désert.

Ludo s'affale sur les galets, les yeux brillants. Il rit de plaisir. Et son rire joue la plus belle musique que j'aie jamais entendue.

Est-ce que je rêve? Les frères Millbits ont-ils vraiment créé tout ça? Et Ludo par-dessus le marché? Ludo si plein de vie...

Un personnage de jeu électronique peut-il avoir un rire pareil?

Je reviens à la charge:

– Allez, dis-moi. Qui es-tu?

– Mais je te l'ai dit: je suis Ludo!

– Où sont tes parents?

– Oh! ici et là. J'ai eu des tas de parents...

Bon, j'arrête les devinettes. Y a qu'une façon de connaître le fond de cette histoire de fous.

– Faut que je rentre. Salut, Ludo!

– Tu reviendras?

– Bien sûr.

– Tant mieux. Ce n'est pas fatigant avec toi. C'est la première fois que je rencontre quelqu'un avec qui je peux faire juste ce que je veux. Des trucs simples, tu vois?

– Non, je ne vois pas du tout.

Ludo m'observe drôlement, de ses grands yeux violets. Je suis probablement le premier joueur à débarquer dans son jeu sans en connaître les règles.

– On s'est vraiment amusés, hein? reprend-il.

– Ouais, à bientôt!

Jean et Antoine m'ont dit que je n'avais qu'à le vouloir pour quitter le jeu: je le veux. Mais il faut vouloir plus fort, semble-t-il. Encore plus. On dirait que mes mains, qui tentent d'enlever le casque chez les Millbits, sont à des kilomètres de moi. Aïe! c'est dur. Je pousse toujours et... voilà! je m'arrache du jeu avec un haut-le-cœur, comme si la mutation se faisait à bord d'un ascenseur qui file trop vite. L'estomac à l'envers, j'aperçois Jean et Antoine qui écarquillent les yeux devant moi.

Chapitre 4

Le mystère

– Puis, puis, puis ? s'écrie Jean.

– Je n'en reviens pas, dis-je. C'est... c'est... J'en perds mes mots...

– T'as passé une porte ? demande Antoine comme si sa vie en dépendait.

– Oui, et là...

– Tu ne t'étais jamais senti aussi bien ?

– Tu avais l'impression de faire partie du monde autour de toi, de respirer avec lui ?

– T'as vu que le paysage changeait tout le temps de couleur, de forme? Des choses tellement folles...

– ...mais qui semblaient tellement vraies! T'as senti comme tout ça paraissait réel?

Les frères me lancent une question après l'autre. Moi, je hoche la tête après chaque lancer. Ça ressemble à une sorte de ping-pong. Jusqu'à ce qu'ils se taisent, les bras ballants, la mine ahurie.

– Tu vois, finit par murmurer Jean, il l'a vu, lui aussi.

– Ce n'était donc pas juste nous... laisse échapper Antoine.

Vraiment bizarres, les Millbits. À mesure qu'ils semblent perdre leurs esprits, moi je retrouve les miens. Je saute du fauteuil et, histoire de les secouer un peu, je m'exclame:

– Bravo, les gars! Vous avez réussi un sacré coup. Ce jeu-là, il bat tous les autres, ça oui! Faudrait peut-être m'expliquer les règles, par exemple.

– Y a pas de règles, mon vieux! s'écrie Jean. Ce n'est pas un jeu.

– Bien c'est quoi, alors?

– On ne le sait pas, lancent en chœur les deux frères.

– Vous ne savez pas ce que vous avez inventé? Très drôle.

– Justement! crie Antoine en levant les bras au plafond. On ne l'a PAS inventé!

Je retombe assis sur le bout du fauteuil et, calmement, je dis à mes deux énervés:

–On recommence tout ça du début, d'accord?

Antoine marche de long en large, trop occupé à réfléchir pour me répondre. Jean m'explique:

– Jusqu'à la porte, il s'agit bien de notre invention. Notre jeu, si tu veux, mais il n'est pas terminé... il manque encore trop d'éléments pour qu'on puisse en jouer une vraie partie, tu comprends? On a seulement planté le décor, disons. On a créé les tableaux: la plage, la brousse, les montagnes, la pyramide. On a créé le véhicule, son trajet...

– Et le casque! s'écrie Antoine. Un vrai travail de moines. On n'était pas certains du résultat, mais ça fonctionne numéro un, non?

– Époustouflant! que je réponds. Mais... après la porte?

– Bien, voilà, reprend Jean, tout a commencé quand j'ai expérimenté le casque. Grâce à lui, j'ai été le premier à utiliser le tapis, à traverser les tableaux. J'étais fou de joie. Sans que ce soit terminé, ça me paraissait vraiment au point. On avait interrompu nos travaux après la création des trois portes, au bout du labyrinthe...

– Avant de poursuivre notre travail, le coupe Antoine, on voulait vérifier si tout se tenait. Naturellement, les portes devaient mener plus tard à de nouveaux tableaux.

– Donc, continue Jean, mon tapis se pose devant les portes. Je sais bien qu'elles ne mènent encore nulle part. Mais elles se dressent devant moi, l'air si réelles. Aussi bien en profiter, je décide de tester l'une des portes. De l'ouvrir, quoi!

Jean se met à mimer la scène. Il se dirige vers une porte, je suppose, et tourne dans le vide une poignée invisible.

– Là, j'arrive tu sais où, raconte-t-il en écartant les bras. Dans un décor que l'on n'a même pas conçu... un décor qui... Vraiment, j'ai pensé que j'avais perdu la raison. Qu'un jeu trop... enfin... si près de la réalité, si troublant, pouvait présenter quelque danger pour le cerveau. Tu comprends? J'ai eu très peur. Tout de suite, j'ai enlevé le casque!

Jean reste saisi au milieu de la pièce, les mains en l'air, comme s'il venait de retirer pour vrai son casque. Moi, je demande:

– As-tu senti, toi aussi, comme c'était difficile de revenir?

– Eh oui! Et ça non plus, ça ne m'a pas paru normal.

– Quand Jean m'a raconté ce qu'il avait vu, commence Antoine, j'ai enfilé le casque et je me suis précipité à mon tour vers les portes. Le cœur battant, j'ai ouvert la même que Jean. Je ne pensais pas vraiment que j'allais halluciner comme lui... Et pourtant! j'ai bel et bien découvert le monde étrange et changeant que Jean m'avait décrit. Incroyable!

À ce souvenir, Jean ne tient plus en place. Les joues en feu, il se frotte les mains en tournant sur lui-même. Tout à coup, il lance:

– Incroyable, mais vrai! Tu te doutes bien qu'on y est retournés. On est restés là-bas de plus en plus longtemps. De toute évidence, l'expérience ne troublait en rien notre comportement hors du jeu. La peur nous a quittés. On a cherché à comprendre. Avait-on établi par hasard un pont avec une sorte d'univers parallèle? Ou... est-ce que le jeu stimulait l'imagination à un point tel qu'elle se déréglait, se mettait à délirer? On a même fini par se dire qu'on avait simplement trop travaillé... qu'on avait tous les deux la berlue. On t'a fait venir. Pour vérifier. Alors, toi, qu'en penses-tu, Étienne?

– Je ne sais pas. En tout cas, on est maintenant trois à avoir vécu le même phénomène. L'imagination qui délire, j'ai du mal à y croire. Quand j'imagine un truc, il n'a pas l'air si vrai que ça... et... Et puis Ludo dans tout ça?

– Ludo? s'étonnent les deux frères d'une même voix.

– Bien oui... le personnage!

– Quel personnage? reprennent-ils.

Je vais finir par me demander s'ils ne sont pas en train de rire de moi. Le premier avril est pourtant bien loin !

– Vous n'avez rencontré personne, passé la porte ? que je demande.

– Des animaux, oui, répond Jean. Mais pas d'humain, jamais.

– Quelle porte avez-vous choisie ?

– On les a toutes essayées ! s'exclame Antoine.

– Oui, toutes ! renchérit Jean. Et on trouvait toujours ce même monde fluctuant, cette même sensation de bien-être.

Soudain, il s'approche à trois centimètres de mon nez et demande, l'air de ne pas y croire :

– Mais qu'est-ce que tu nous dis là, Étienne ? Toi, tu as vraiment vu quelqu'un ?

– Oui ! un garçon de mon âge. Qui parle français, en plus. Enfin... on se comprenait... c'était tellement étrange. Il m'a dit qu'il s'appelait Ludo. Il pouvait se métamorphoser comme tout le reste de son monde. Et j'ai fait comme lui. Y a qu'à vouloir, vous savez! J'ai été un oiseau, un poisson...

– C'est bien ce que je craignais, soupire Antoine, ce jeu détraque l'esprit. Il enflamme l'imagination. Pire qu'une drogue.

– Tu crois que Ludo est le fruit de mon imagination?

– Peut-être qu'on ne voit, qu'on ne ressent dans ce «monde» que ce que l'on veut bien imaginer.

– On aurait tous imaginé la même chose? que je riposte.

Antoine constate mon désarroi. Il se force à reprendre son calme. Il pose les mains sur mes épaules et explique:

– Qu'est-ce qu'on en sait? On n'a qu'un seul casque. Il faudrait pouvoir aller dans le jeu en même temps qu'une autre personne pour comparer nos visions respectives. Ce monde-là change tout le temps, tu sais. Comme un rêve. Alors...

– En tout cas, ni Antoine ni moi n'avons rencontré Ludo, intervient Jean.

– Tu parles d'une histoire de fous, que je laisse échapper.

Antoine acquiesce de la tête, en souriant curieusement. Il s'est remis à faire les cent pas et se tient visiblement un discours intérieur. Soudain, il lance :

– Quel merveilleux champ de recherches, tout de même !

– Incomparable ! approuve Jean. Primo : on fabrique le deuxième casque... amélioré ! J'ai ma petite idée là-dessus. Va falloir faire un saut en Californie. Mike pourrait nous fournir...

Et les voilà partis dans une liste d'emplettes à laquelle je ne comprends rien. Pendant qu'ils s'agitent, je reste assis au bout de mon fauteuil, la bouche béante.

J'aurais *imaginé* Ludo? Je n'en reviens pas. Mes yeux se posent sur le fameux casque, à mes côtés. Soudain, l'envie de retrouver Ludo, de le questionner est si forte que je décide de retourner dans le jeu.

– Non! crie Jean en m'arrachant le casque des mains. Ça suffit pour aujourd'hui. À petite dose, l'expérience ne s'avère pas dangereuse. Mais, on s'impose certaines précautions. Le repos en est une.

Je cherche à reprendre le casque. Je crie:

– Il faut que j'y retourne! Je dois vérifier...

Jean m'abandonne le casque, mais les yeux dans les miens, il dit:

– Personne ne peut comprendre ça mieux que nous. Je te demande une seule chose: attends à demain, d'accord?

En soupirant, je remets le casque à sa place. Mes deux grands fous me raccompagnent ensuite à la porte. Je retrouve novembre. Sa nuit impatiente. Et sa pluie glacée.

Chapitre 5

Le retour

Le lendemain, le soleil se levait à peine que j'étais déjà de retour chez les Millbits. Le soleil? Non, pas la belle boule de miel qui monte des arbres. Seulement la couverture nuageuse qui passe du gris foncé au gris clair. Au moins, il ne pleuvait plus quand j'ai sauté de l'hydrocoptère. Mais un froid piquant m'a fait traverser le quai en courant. Autour de moi, le lac disparaissait sous une brume féerique. Des corneilles croassaient au loin. Les deux frères mangeaient dans la cuisine, les yeux éteints et les cheveux dressés en dizaines de cornes. Ils ont ri en m'apercevant. Ça les a mieux réveillés.

– De la vraie graine d'expérimentateur! s'est écrié Jean.

Antoine a approuvé en me tendant un bol de protéines en crème.

Complètement dans les patates, les Millbits! Si je me suis précipité ici de si bonne heure, ce n'est pas pour tester leur invention, mais pour retrouver Ludo. Le sacripant m'a tourné dans la tête toute la nuit. Comme s'il se moquait de moi!

J'ai vidé le bol. C'est vrai que je n'avais pris qu'un minuscule déjeuner. Puis nous nous sommes lancés vers le fauteuil de jeu.

– Promis? Tu ne restes pas là-bas trop longtemps? a insisté Jean.

– On te fait confiance, a ajouté son frère, les yeux pleins de mises en garde.

– À tout à l'heure! ai-je simplement répondu.

Je sais qu'après avoir enfilé le casque, j'ai pointé le pouce en l'air, comme les pilotes de course. Mais je n'ai même pas eu conscience de baisser ensuite le bras : j'étais dans le jeu, filant sur mon tapis à toute vitesse.

Je me pose enfin devant les trois portes. J'ouvre la même qu'hier.

Aussitôt, me voilà léger comme la brise d'un matin d'été. Pourtant, j'ai bien deux pieds... plantés dans un champ de fleurs qui ondulent. À quelques mètres de moi, un renard sort la tête des marguerites et rit d'un rire que je connais bien. Hop! il replonge sous les marguerites.

Il me suffit de le vouloir : me voilà renard aussi, lancé à la poursuite de mon ami. Nous galopons en changeant d'apparence, devenant tour à tour belettes, puis souris, puis fourmis. À mesure que nous rapetissons, les tiges des fleurs se muent en troncs d'arbres.

Soudain, ma fourmi amie reprend les traits de Ludo. Un Ludo humain, mais qui demeure minuscule. Je l'imite et, tels deux Tom Pouce, nous nous accotons à un brin d'herbe.

– Tu avais déjà joué à rapetisser? me demande Ludo.

– Non, jamais! que je m'exclame.

– C'est un copain qui m'a montré le truc.

– Amusant!

– Oui, c'est bien... sauf que mon copain, il s'entêtait à me faire lutter contre des araignées. Et plus on est petit, plus les araignées sont grosses!

– Pouah!

– Remarque, je gagnais tout le temps, j'étais très fort, déclare Ludo en se levant. Mais on en revient, de ces simagrées!

Moi, j'en suis déjà revenu. Pas même besoin d'avoir essayé. Affolé, je surveille l'arrivée possible d'une de ces géantes à huit pattes. Sauf que la vue ne porte pas bien loin lorsqu'elle se bute à des cailloux de la taille d'une maison, à des herbes plus hautes que des pylônes, à des fougères aux dimensions de gratte-ciel et à des arbres aussi larges que l'horizon!

– Hep! me lance mon ami.

Je baisse les yeux et l'aperçois qui me fait signe de le suivre à l'intérieur d'un terrier. Pour la première fois de ma vie, je m'enfonce sous terre, glissant sur le derrière, marchant parfois sur mes deux pieds quand le tunnel est moins à pic, redoutant un peu l'obscurité dans laquelle nous plongeons. Oh! mais qu'est-ce?... De la fourrure? Ludo m'entraîne dans le pelage d'une marmotte? D'un lapin? C'est si chaud et si doux! Nous nous étendons sur le dos de l'animal et nous laissons bercer par sa respiration.

Est-ce que j'invente vraiment tout ça au fur et à mesure? Le petit rire de Ludo résonne dans la fourrure, tout près de moi.

– Regarde la Grande Ourse! s'écrie-t-il.

Oh! sur la paroi du terrier apparaissent des étoiles... et bientôt toute la voûte céleste! On y voit un peu plus clair. À la place de ce qui me paraissait être des poils, je vois maintenant des herbes. Je distingue aussi Ludo, qui sourit, moqueur. Nous ne sommes plus couchés sur le dos d'un animal mais sur des billes de bois, bercés par le clapotis des vagues.

Ludo se lève d'un bond. Debout à mon tour, je constate que nous sommes sur un radeau, ancré entre les hautes herbes, près du rivage. Est-ce la mer? On ne voit pas l'autre rive.

– C'est la mer Thume, m'annonce Ludo comme s'il avait entendu ma question. Tu es déjà venu?

Je réponds que non, mais étrangement
ce nom-là me dit quelque chose. Je

plonge mes yeux dans ceux de mon ami et, l'espace d'une fraction de seconde, j'ai la certitude de le connaître depuis toujours. Bizarre...

– Moi, j'ai vécu quelque temps sous la mer Thume, dit-il, dissipant cette drôle d'impression qui m'envahissait.

– Ah... comme un poisson? que je demande, intrigué.

– Non, comme je suis. J'y ai été très heureux. C'est Carole qui m'avait donné l'idée de venir ici.

– Carole?

– Une amie.

– Tu as beaucoup d'amis?

– Des tas, répond Ludo.

– Et où sont-ils? dis-je en balayant du regard les environs.

– Je ne sais pas.

Ludo hausse les épaules et, soudain, agrandit les yeux.

– Oh! un lever de soleilleaux! s'exclame-t-il.

Non, ce n'est pas possible. Les Millbits ont sûrement tort avec leur hypothèse d'imagination délirante. Si j'inventais ça, je n'en serais pas si étonné! De partout autour montent de petits soleils. On dirait un feu d'artifice géant. Sous le ciel bleu, la mer Thume se met à briller de toutes ses eaux. Ludo sautille sur le radeau en battant des mains. Et si c'était lui qui inventait ce spectacle hallucinant? Ouais... mais lui alors, qui l'imaginerait, sinon moi?

À quoi bon me casser la tête...

Les soleilleaux dansent dans le ciel. La figure tendue vers eux, baignée de lumière, Ludo ondule comme une algue. Ses bras se déploient doucement et il quitte le radeau pour flotter en l'air, toujours ondoyant sous les astres fous. Je balance mes hanches comme je l'ai vu faire. Il n'y a pas de musique, mais la danse des soleilleaux est entraînante. Me voilà bientôt suspendu entre ciel et mer. La danse devient vol. Sans perdre notre forme humaine, Ludo et moi évoluons à la surface de l'eau comme des libellules. Je repense à Freydis. Dommage qu'elle ne soit pas avec nous...

Les petits soleils fondent en un beau ciel jaune, sans astre, éclatant. Après quelques vrilles, nous amerrissons sur le dos, bras et jambes écartés, et nous flottons en tournant doucement sur nous-mêmes, les cheveux et les vêtements si secs que l'eau ne semble être rien d'autre que de l'air plus lourd.

– Tu sais, dis-je, j'ai une amie qui vole.

– Ah bon, fait Ludo.

Bien sûr, ce n'est pas avec ça que je vais l'impressionner.

– Elle ne vole pas pour vrai. Son oncle

lui a fabriqué une machine à voler. Mais elle s'en sert très bien. Elle est fantastique. En fait, c'est plus qu'une amie... je l'aime beaucoup...

– Tu l'aimes plus que toutes les autres? demande Ludo.

– Quelles autres?

– Moi, celle que j'ai aimée plus que les autres, poursuit-il, s'appelait Ondine. Nous avons vécu ensemble, là, sous la mer Thume.

De nouveau cette curieuse impression m'envahit. Comme une ombre de souvenir qui remonte à la surface... le souvenir de Ludo et Ondine, il y a longtemps... dans une autre vie. Je demande:

– Et Ondine, où est-elle maintenant?

– Elle est morte.

– Oh!

– Je ne l'ai jamais oubliée, même si j'ai eu d'autres amis. Tu sais, Étienne, les amis... Un jour on les perd. Puis on en rencontre de nouveaux.

– Où ça? On ne voit jamais personne.

– Ici et là.

– Bien sûr, que je réplique agacé, ici et là!

– Il n'y a plus rien sous la surface de la mer Thume, lance alors Ludo. Tu viens voir?

Plongeant sous l'eau, nous nous retrouvons en fait en plein nouveau ciel, piquant à travers des nuages dodus et blancs.

– On a vidé la mer Thume, souffle Ludo en se posant à plat ventre sur l'un d'eux.

– Qui a fait ça?

– Je ne sais pas.

–Et ici, où sommes-nous? que je demande.

– Nous sommes là! lance Ludo en riant.

– Bien sûr, ici et là.

Je ris à mon tour. Nous replongeons de nuage en nuage. Et le reste, on s'en fout. Le reste se perd dans le vent du plaisir.

Chapitre 6

L'envoyé spécial

Ludo connaît tellement de trucs! On a galopé à dos d'eslides sauvages, joué à saute-lune, mangé des fruits de glaciers, écouté un concert de brises, patiné sur le toit du monde. Sans fatigue. Sans ennui. Jamais. Avec Ludo, on oublie le temps : avec lui, maintenant c'est comme depuis toujours, maintenant c'est comme pour toujours.

Maintenant, en fait, nous avons les deux pieds dans les fleurs à perte de vue, et les narines si chargées de parfum que nous devenons parfum nous-mêmes.

Ludo éclate de son rire de flûte. Il me semble que nous nous évaporons, bienheureux, quand soudain, je ressens une douleur dans la poitrine. On a crié mon nom! Une voix lointaine, un peu embrouillée, mais que je reconnais.

Il y a cette forme, là devant, qui se précise. La forme de... Zen!

– Qu'est-ce que tu fais ici? que je m'écrie.

– Erreur, dit mon robot. Zen voit bouger les lèvres d'Étienne. Erreur. Zen entend pas Étienne.

– Tu ne m'entends pas? que je lance à pleins poumons.

– Erreur, recommence mon robot. Zen entend pas Étienne. Étienne doit écouter Zen. Étienne est dans le jeu depuis cinq jours. Trop. Étienne doit sortir du jeu. Les parents d'Étienne sont inquiets.

– Cinq jours!

C'est impossible... Je me retourne vers Ludo qui me regarde, très étonné, et demande :

– À qui parles-tu ?

– Mais, à mon robot. Tu ne le vois pas ?

– Ton quoi ? lance Ludo, abasourdi.

– Dis-moi, ça fait vraiment cinq jours que je suis ici ?

– Il n'y a pas eu de jours, répond-il bizarrement. Avec toi, il n'y a pas de jours.

– Erreur. Zen entend pas Étienne, répète mon robot qui ne semble pas plus remarquer la présence de Ludo que Ludo, la sienne.

Je n'y comprends rien. Il y aurait cinq jours que je suis dans ce jeu ?... Le temps qu'on oublie... Je revois Antoine disant : « On te fait confiance. » Il y a combien de temps ? Et Zen, est-ce que j'imagine sa présence ici? Pour le savoir, je dois sortir du jeu.

– Tu viens? fait Ludo, impatient.

Tout autour, des arbres bleus se mettent à pousser très vite, étirant leurs branches vers le ciel. Ludo est devenu un chat bleu qui se colle contre mes jambes en ronronnant. Je veux devenir chat, moi aussi. Je veux...

– Freydis est inquiète beaucoup, reprend alors Zen. Freydis a parlé à Zen dans l'ordinateur. Freydis veut lire une lettre d'Étienne. Étienne doit venir dans la vie vraie. Étienne doit écrire une lettre à Freydis.

La vraie vie... Écrire à Freydis... Les arbres ont touché le ciel, le chat bleu miaule.

– Ludo, je dois partir, lui dis-je. Freydis m'attend. Je reviendrai, c'est promis.

Il miaule et je comprends:

– Si tu pars, je vais rencontrer un autre ami et je ne pourrai plus te revoir. Ne pars pas !

Freydis... Je n'ai plus assez de volonté

pour quitter le jeu. J'essaie. Je ferme les yeux. Je pense très fort à papa, maman, Freydis... Freydis... Lever les bras demande autant de force que soulever des montagnes... Freydis... Loin, très loin d'ici, mes mains ont touché le casque. C'est ça! Je dois pousser. J'ai si mal au cœur! Si mal! J'ouvre les yeux. Dressé sur le rocher, devant moi, il y a un chat bleu qui pleure. Là-bas, mes mains poussent très fort.

Chapitre 7

La vie vraie

Ils sont tous penchés sur moi, le front inquiet : papa, maman, Jean et Antoine. Il y a ce tube fixé à mon poignet...

– Étienne ? Étienne, tu m'entends ? implore ma mère.

– Oui.

– Enfin ! il est revenu à lui, lance mon père. Comment te sens-tu ?

– Euh... bien. Mais qu'est-ce ?...

– Oh ! une solution nutritive, pour empêcher surtout que tu te déshydrates, explique Jean en indiquant le réservoir auquel est relié mon poignet.

– On était si inquiets ! s'exclame maman.

– Cinq jours ! renchérit papa.

Soudain, j'aperçois Zen derrière eux, avec de curieux machins branchés sur la tête.

– C'était donc vrai, dis-je. Zen est venu dans le jeu ?

– Il s'y trouve encore, m'informe Antoine en lui retirant ses ajouts électroniques. On ne savait plus quoi faire. Enlever le casque en dehors de ta volonté aurait pu avoir des conséquences neurologiques fâcheuses. Fabriquer un deuxième casque s'avérait une longue entreprise...

– On a alors pensé à Zen, poursuit Jean. Intégrer une «personne» électronique dans le jeu ne demandait pas un travail trop sophistiqué. Ça valait la peine d'essayer.

– Sans être pour autant assurés du résultat, intervient cette fois papa. Faut dire que ce jeu présente des données pour le moins étranges.

– Non mais, quand j'y pense! s'emporte ma mère. Embarquer un enfant innocent dans une aventure pareille!

– Merci pour l'enfant innocent, dis-je.

– Mais rends-toi compte: tu aurais pu y rester!

En vérité, j'ai bien du mal à me rendre compte de ce qui s'est vraiment passé. Il me semble avoir mis ce casque il y a à peine quelques minutes! Antoine a fini de débrancher mon robot, qui annonce:

– Zen est sorti du jeu.

– Félicitations, Zen! fait Antoine. Grâce à toi, Étienne est revenu. Alors, comment as-tu trouvé le jeu?

– Le tapis qui vole est réussi bien. Le jeu ressemble à la vie vraie beaucoup.

– Et après la porte? demande Jean.

– Après la porte le jeu est réussi moins bien. Zen a vu des formes floues seulement. Des formes qui se déforment. Pas de couleurs. Zen a vu une forme précise seulement. La forme d'Étienne. Les lèvres d'Étienne ont bougé. Zen a pas entendu Étienne parler : erreur. Le jeu est pas réussi.

– Intéressant... murmure Antoine.

Jean s'approche de son frère, l'index pointé vers le plafond, et exprime tout haut sa pensée :

– Ainsi, Zen, qui perçoit pourtant le réel comme nous, ne partage plus cette perception quand le jeu s'égare de notre invention... Ce qui tend à prouver la thèse d'un monde imaginaire. Zen n'ayant pas, je présume, d'imagination.

– Tout de même, réplique Antoine, il a capté quelque chose... des ondes peut-être... ou l'ombre de ce quelque chose... qui existe donc, bien que situé au-delà de sa perception de robot, purement électronique...

– En tout cas, Zen n'a même pas vu

mon ami Ludo! que je m'écrie. Et... et Ludo ne le voyait pas non plus.

– Pauvre enfant, il divague, pleurniche ma mère, tout en lançant aux Millbits des regards de tigresse.

Les deux frères prennent une mine contrite. Jean se penche vers moi pour dire :

– Nous sommes vraiment désolés de t'avoir mêlé à nos affaires, Étienne. Avoir su...

– Pourquoi n'es-tu pas revenu ? demande Antoine. Tu avais promis !

– Je... j'ai perdu la notion du temps. Mais tout allait bien, je vous assure. Je pourrai y retourner ? que je supplie sans trop y croire.

– Pas question ! hurle ma mère.

Je regarde les frères Millbits : eux sauront prendre ma défense. Ils ne vont pas me laisser en plan !

– J'ai fait une promesse à Ludo. Je dois la tenir! que je m'exclame.

– Ludo n'existe pas, dit doucement Jean. Oublie tout ça. Il faut que tu te reposes maintenant. Je t'en prie, ne pleure pas.

* * *

Après cinq jours assis dans le fauteuil de jeu, j'ai du mal à marcher. Ils m'ont emmitouflé dans une couverture thermique et Zen me transporte dans ses bras. Il conduira mon hydrocoptère. Mes parents prendront le leur.

Dehors, il fait nuit. Il fait froid. Une neige paresseuse tombe du ciel noir pour s'évanouir à la surface du lac. Tandis que nous traversons le quai, Zen dit:

–Étienne a laissé Zen éteint longtemps. Trop.

Comme tout robot, il n'a aucune intonation, triste ou gai. Mais moi, je devine celle qu'il aurait avec une voix humaine.

Une nouvelle saison est arrivée et il ne l'a même pas vue venir!

– Je m'excuse, Zen.

Je m'étais trompé: on ne peut pas abandonner nos amis, même robots, sans qu'ils en souffrent. Je pense à Freydis. Je pense à Ludo, aussi.

Dans les bras de mon ami d'aluminium et de plastique, en plein cœur de la «vie vraie», je grelotte; loin, très loin de Ludo qui rit dans la fourrure et danse avec les soleilleaux.

Chapitre 8

Le poids des choses

Cinq jours dans la vraie vie après cinq jours dans le jeu, c'est pire que cinq siècles d'ennui après cinq secondes de pur plaisir. Et j'exagère à peine.

Je ne vois plus les choses comme avant. Elles me semblent froides, maintenant, et lourdes de tout leur poids...

Même Freydis sur l'écran de mon ordinateur... Ce n'est plus une Freydis apparue comme par magie dans ma chambre, mais une Freydis isolée derrière une vitre, encore plus éloignée de moi qu'au bout des kilomètres qui nous séparent. Elle que je sens pourtant si proche dans les mots qu'elle m'écrit.

Je ferme les yeux. Je cherche Ludo. Si je l'ai imaginé, il doit bien se trouver quelque part dans ma tête. Pourtant, je ne retrouve qu'un souvenir.

Ma décision est prise. Un : Mes parents ont finalement relâché leur surveillance. Ce soir, ils étaient si concentrés devant leurs ordinateurs qu'ils ont à peine remarqué ma visite au labo. Dans cet état, ils sont en orbite pour au moins une semaine. Je les connais ! Deux : La lune est de mon côté, si brillante que je pourrai voler sans allumer les phares de mon hydrocoptère. Trois : Les fenêtres fermées à cause du froid et la tête de mes parents occupée ailleurs, aucune crainte quant au ronronnement de mon appareil. Quatre : Les Millbits ont cette particularité tout à fait étonnante pour notre petite communauté scientifique : ils dorment la nuit.

* * *

J'avais raison : me rendre chez les Millbits, cette nuit, a été un jeu d'enfant. Et comme personne ici ne verrouille ses portes, me voilà arrivé sans aucun problème devant le fauteuil de jeu. Le casque y traîne même, bien en évidence.

J'ai un petit pincement au cœur en y plongeant la tête. Mais si je m'oublie encore une fois dans l'autre monde, on n'aura qu'à envoyer Zen à ma rescousse.

Tous mes raisonnements des derniers jours ne sont pas venus à bout de cette certitude : Ludo existe ! Et mon tapis file maintenant vers lui. Une dernière fois, je le retrouverai. Je lui dirai qui je suis, d'où je viens et pourquoi j'ai dû partir. Il comprendra. Encore une fois, je jouerai avec lui. Ses yeux brilleront, son rire cascadera... J'ai tellement hâte !

J'ouvre une porte. Enfin ! il me semble que je redeviens moi-même; que les cinq derniers jours n'ont été qu'un mauvais rêve. À l'horizon, les montagnes bleues se mettent à tanguer. Elles se font vagues géantes pour mon retour.

– Ludo! Ludo! Je suis revenu! que j'appelle de toutes mes forces.

Rien. Il boude, sûrement. Je vais commencer à jouer sans lui. Il ne pourra pas résister longtemps. Je... je vais voler. Oui, vers ces montagnes aquatiques. C'est ça! J'y arrive très bien tout seul. Et me voilà qui surfe, debout sur la crête d'une vague, emporté dans un manège gigantesque. Je ris.

– Ludo! Viens! Je vais mourir de rire!

Mais il boude toujours. Tant pis pour toi, Ludo! Plus tu resteras caché et plus je rirai fort. C'est toi qui souffriras. Moi, je m'amuse!

La vague s'immobilise soudain. Elle redevient une montagne d'où je prends le temps d'embrasser le paysage. À perte de vue, les collines se couvrent de vergers

en fleurs. Ouais... encore un nouveau déguisement. Ce pays n'est en fait rien d'autre qu'un désert déguisé... Où est Ludo?

Je reprends mon vol, épiant les animaux, scrutant les bosquets, plongeant sous plusieurs nappes d'eau, pénétrant en de curieuses constructions qui s'évaporent comme elles sont apparues.

Pourquoi m'agiter autant? Ça ne prend pas. Aussi bien m'asseoir sur cette pierre et me concentrer très fort. Ce lieu fait déborder mon imagination? Ludo en est le fruit? Alors, pourquoi n'y revient-il pas à ma guise?

J'entends d'ici ce que Jean Millbits me dirait: « Écoute, mon petit Étienne, c'est bien simple, ta raison a fini par l'emporter sur ton imagination.» Je vois d'ici son frère l'approuver. Et ça m'enrage!

Oh! ça bouge. Sous mes fesses, la pierre s'est changée en carapace et me voilà qui avance tout doucement, à dos de tortue.

– C'est toi, Ludo? C'est toi?

Mais non. Il ne s'agit que d'une tortue

inventée... comme tout le reste ici. DU VENT!

Je m'en veux: je me suis fait avoir par des histoires en l'air!

Là-bas, je repousse le casque avec force. C'est plus facile que les autres fois. La colère m'aide sans doute.

– Va falloir le cacher, ce casque! me lance Antoine.

– Et verrouiller la porte, ajoute son frère.

Tous les deux en pyjama, ils sont là à m'observer, les poings sur les hanches.

– Allez! viens déjeuner, dit Jean en me tendant la main.

Le soleil est levé.

– T'imagines si ta mère apprend ça? grogne Antoine.

– Je ne recommencerai plus, promis. Je voulais juste en avoir le cœur net. C'est fait.

Mon menton tremble. Jean passe son bras autour de mes épaules. Je sens qu'il comprend. Dans son sourire, je retrouve ce qu'il y a de magique dans la vraie vie, et qui un temps m'avait échappé.

Chapitre 9

Les jeux du hasard

Un beau matin d'hiver, avec de la neige dorée par le soleil, zébrée par l'ombre des troncs d'arbres; un ciel bleu, d'un bleu épais comme de la gouache! Il y a plus d'un mois que j'étudie comme un forcené, rivé à mon ordinateur. Si je continue, je vais devenir un puits de science. Et même de science, un puits, ça sonne creux.

À Noël, Freydis est venue avec ses parents pour toute une semaine. On a fait du ski de fond. Oui, oui, du vrai ski de fond. Pas du ski à réaction.

On s'est amusés à mort.

Je lui ai souvent parlé du jeu des Millbits, de Ludo. Elle m'écoutait de toutes ses oreilles. Et même, aurait-on dit, de ses grands yeux écarquillés. Au contraire des autres, elle affirmait que tout ça était trop beau pour ne pas être vrai. Mais je pense surtout qu'elle voulait me faire plaisir. Elle a bien vu que ça me rendait triste de ne pas savoir si Ludo existait, quelque part.

C'est quand elle est partie que je me suis jeté dans l'étude. Comme au fond d'un puits, justement. Pour ne pas trop penser. Ne pas trop m'ennuyer d'elle. Et de Ludo aussi. Non, je n'arrive pas à l'oublier, celui-là. Pas plus que j'arrive à le voir vraiment comme mon invention.

Les frères Millbits, eux, l'appellent toujours «ton ami imaginaire». Ils ne l'ont pas rencontré. Alors, pourquoi y croiraient-ils plus qu'aux bisons ailés et autres bestioles biscornues ayant croisé leurs expéditions à deux? Oui, à deux. Ils possèdent désormais un second casque. Et le fait est établi: passé les portes, ils ont bel et bien les MÊMES «hallucinations». Pourtant, les frérots s'entêtent à ne voir là que des «mirages partagés».

Pour qui je me prendrais d'argumenter avec de tels savants? Faut dire qu'ils ont travaillé encore plus fort que moi, ces derniers temps. Après un saut en Californie, ils ont entrepris des travaux colossaux, pour trouver le moyen d'utiliser ce «monde» découvert derrière leurs portes virtuelles. À les entendre, ils créeront ainsi des jeux surpassant de loin ceux qu'ils auraient autrement inventés. Tous iront bientôt en vacances au pays des rêves.

Moi, des rêves, je n'en fais plus tellement. Je l'ai dit, j'ai plutôt étudié; j'ai aussi écrit des pages et des pages à Freydis et j'ai pris soin d'allumer Zen tous les jours. Nous avons beaucoup joué aux échecs. Quel ami j'ai là: de temps en temps, il se force pour perdre! Le malheur, c'est que je m'en aperçois.

Comme maintenant. Le fin finaud déplace sa tour alors qu'il devrait déplacer son fou. Même moi, je vois que c'est une erreur. Alors, imaginez un être aussi bien programmé que lui!

Bah! je le laisse aller, puisque ça lui fait plaisir de penser qu'il me fait plaisir. Mais c'est là qu'il se trompe vraiment. Je m'en fous de gagner ou de perdre. Je ne joue que pour m'améliorer et battre éventuellement un autre simple mortel. Un ami que je me ferai plus tard.

Freydis, elle, ne raffole pas des échecs. Elle aime mieux bouger... comme Ludo; celui-là non plus, je ne l'imagine pas s'amusant à un truc aussi tranquille.

– Étienne est triste, constate mon robot.

– Oh... je repensais à ce jeu des frères Millbits.

– Les frères Millbits sont fous. Les jeux des fous sont dangereux, remarque sagement Zen.

– Je sais bien, mais j'aimerais tant revoir Ludo. C'est à lui que je pensais. Je ne t'en ai presque pas parlé... Je ne savais pas si tu comprendrais ça. Dans le jeu, je me suis fait un ami. J'étais avec lui quand tu es venu me chercher, mais tu ne l'as même pas vu. Et lui non plus ne te voyait pas. Jean et Antoine disent que Ludo n'existe pas. Comprends-tu ça, toi, avoir un ami qui n'existe pas?

– Erreur. Les amis vrais existent. Si l'ami existe pas, l'ami est pas vrai.

–Pourtant, Zen, je l'ai rencontré. On a joué ensemble. Et j'avais l'impression de le connaître depuis toujours. C'est comme la mer Thume. Quand Ludo m'a dit qu'il avait habité dans la mer Thume, il m'a semblé...

–Étienne connaît Ludo dans la mer Thume, déclare soudain mon robot.

– Qu... que...?

Sans attendre que je me ressaisisse, Zen se lève et quitte la pièce. Tiens donc! Qu'est-ce qui mijote encore dans sa tête de casserole?

Je me lance à ses trousses, jusqu'au grand placard à débarras. Déjà rendu tout au fond, il déplace les objets et ressort bientôt avec une énorme boîte en carton qu'il ouvre au beau milieu du corridor. Oh! mes vieux livres! Zen se met à répandre autour de lui les centaines de romans que j'ai dévorés depuis mes six ans. Oui, je lisais mes premiers mots à quatre ans. On n'est pas fils de génies sans que ça paraisse quelque part!

Ébahi, je vois resurgir tous ces personnages qui ont quelques heures habité ma solitude: Mowgli, Kamo, Sophie, Alexis, Tistou les pouces verts, Clara Vic, le Petit Prince, Galatée, Tom Sawyer, Georges Bouillon, Arsène Lupin, Marcus... Chaque fois, j'ai un coup au cœur.

Certains, que j'avais complètement oubliés, semblent sortir du néant. C'est comme si j'avais mis les pieds dans une machine à remonter le temps. D'un titre à l'autre, d'une couverture à l'autre, des émotions refont surface, des bribes d'aventures me reviennent en mémoire...

– Ludo dans la mer Thume! lance tout à coup mon robot qui me brandit sous le nez... LUDO DANS LA MER THUME!

Le titre est là, doré sur fond noir, avec le nom de l'auteur écrit dessous: Carole Langevin. Tout de suite, je reconnais cette image: un garçon qui sourit, assis à la proue d'un navire, sous l'eau, avec les poissons. Un des premiers romans que j'aie lus... il y a si longtemps. Je l'avais oublié. Du moins, je le croyais. Et maintenant que je le tiens dans mes mains, je sens une sorte de vide sous mes pieds, une boule dans la gorge. De cette histoire, il ne me reste qu'un faible écho, mais j'éprouve soudain le même trouble qu'en refermant le livre, il y a six ans....

– Ludo existe, insiste Zen, le doigt sur le titre.

– Ouais... si on veut...

Mes yeux s'embrument. Je nous revois, Ludo et moi, bras et jambes en étoiles, dérivant à la surface de la mer Thume.

J'entends de nouveau mon ami me parler de son séjour sous les eaux, avec celle qu'il a aimée plus que toutes les autres... Ondine... Et Carole Langevin... Carole... ça me revient. C'était une Carole, disait-il, qui lui avait donné l'idée d'aller sous la mer Thume... Ludo n'est qu'un personnage inventé. Et pire, je n'en suis même pas l'inventeur. Je n'ai fait que retrouver un très vieux souvenir dans un jeu de fous.

Zen replace les livres dans leur boîte.

Sacré sac à puces électroniques! Refoulant mes larmes, je m'étonne:

– Tu t'es rappelé ce titre!

– La mémoire de robot est bonne. Infaillible, se contente-t-il de répondre.

Pourquoi pas? Zen peut lire. À une vitesse phénoménale d'ailleurs. Il engloutit une page à la seconde. Mes parents l'ont testé: il mémorise ses lectures jusqu'à la moindre virgule. Parfait pour les manuels d'instructions compliqués. Il n'a jamais lu de roman, mais sans doute se rappelle-t-il tous les titres qui lui sont passés sous les yeux. Et comme il a rangé ces livres... Oui, le rangement est l'affaire de mon robot. Le voilà qui rapporte justement la boîte au fond du placard, en me laissant Ludo entre les mains.

– Étienne et Zen doivent terminer la partie d'échecs, m'annonce-t-il en ressortant.

Ah oui... les échecs. Je me sens si bouleversé... et puis il y a ce livre qui me brûle les doigts.

– Écoute, Zen, plus tard. Veux-tu?

– Zen sait : Étienne va lire.

Non, il n'a pas fini de m'étonner, mon ami d'aluminium et de plastique!

– À tout à l'heure, que je lui promets en mettant son bouton à *OFF*.

Chapitre 10

Le souvenir englouti

C'est bien Ludo que je retrouve dans le roman de Carole Langevin. Avec son merveilleux rire, ses yeux allumés, et son goût de jouer. Son goût de jouer...

Au fil des mots, je retrouve aussi son histoire engloutie au fond de ma mémoire... Ludo habitait depuis cent ans sous la mer Thume, dans une maison de bois d'épave, entourée d'un jardin d'algues. Seul survivant d'un terrible naufrage, il s'était découvert un souffle magique lui permettant de vivre sous l'eau.

La mer Thume se montrait si douce à l'intérieur, Ludo s'y sentait si bien parmi les poissons... qu'il n'a même pas songé à regagner la terre ferme. Ce qui aurait été idiot, en plus : sous l'eau, il ne vieillissait pas !

Puis, un jour, un événement sensationnel est venu tout chambarder. À quelques mètres devant Ludo, lourde et noire, une grande goélette a fendu les eaux vers le fond ! Ses voiles s'arrachaient des mâts en longs lambeaux mêlés aux cordages. Elle craquait et gémissait de toutes ses planches. Et là... se détachant du pont, portée par le courant, une jeune fille aux cheveux clairs s'est mise à tourner sur elle-même, emmaillotée dans sa large jupe blanche.

Vif comme un poisson, Ludo l'a rejointe. La saisissant, il a senti battre le cœur d'Ondine : elle ne s'était donc pas encore rendue aux vœux de la mer Thume. Sans trop comprendre pourquoi, il a posé sa bouche sur celle de la jeune fille, écarté ses lèvres et partagé son souffle... Incroyable! Elle a ouvert les yeux... retrouvé ses forces...

C'était le début d'une belle histoire d'amour. Ces deux-là se sont aimés à la folie. Ils riaient et s'amusaient tout le temps, tellement chanceux, pensaient-ils, de s'être trouvés!

Il n'y avait qu'une seule ombre à leur bonheur: Ondine ne possédait pas le pouvoir de Ludo. Après six heures sans avoir goûté le souffle de son ami, elle faiblissait et il devait vite la ranimer. Mais que pèse une ombre, à côté du bonheur? Presque rien, croyaient les amoureux... jusqu'à ce qu'il arrive cette chose terrible. Est-ce la faute du paquebot? De l'espadon? De Ludo... L'espadon a apporté la nouvelle: un navire inouï avait pris le fond. Un bâtiment comme on n'en avait jamais vu dans toute l'histoire de la mer Thume.

Il fallait y aller! D'accord. Mais ce jour-là, les citrelles (un petit fruit de l'endroit) étaient à leur meilleur. (On ne fait pas attendre les citrelles, elles fanent vite.) Ondine voulait les cueillir à tout prix et préparer ses rouleaux d'algues aux citrelles et plancton.

Moi, je mets la faute sur ces foutues citrelles. Ondine est restée à la maison. Ludo est parti avec l'espadon vers l'épave. Démesurée! En métal, sans mâts, mais avec de curieuses tours creuses. L'espadon et Ludo y ont découvert des choses incroyables: des glaces immenses où ils se sont mirés longtemps en dansant des danses plus folles les unes que les autres, des salles de jeux, des escaliers et des escaliers, des fresques très drôles... des tas de trucs que Ludo n'aurait même pas su imaginer! Et c'était si grand! Ils ont joué à cache-cache avec une foule de poissons accourue pour jouir du spectacle. Ils ont joué longtemps.

Quand Ludo est revenu à la maison, les bras chargés de bijoux et de vaisselle, il a trouvé Ondine inanimée sur le pas de la porte. Il n'avait pas vu le temps passer...

La mer Thume était arrivée à ses fins.

Le cœur brisé, Ludo a remonté à la surface de l'eau et il a nagé jusqu'à la terre ferme.

Ouais, c'est triste.

Tellement que je pleure en refermant le livre. Comme j'ai pleuré à six ans. Je m'en souviens. Mais cette fois-ci, je ne sais trop si je pleure la mort d'Ondine ou celle de Ludo... mon Ludo. Bizarre, je suis à la fois heureux d'avoir retrouvé cette histoire que j'avais tant aimée et triste qu'elle efface en quelque sorte la mienne, celle que j'ai vécue avec mon ami dans le jeu virtuel. La gorge nouée, je dépose le livre sur mon lit. Je ne veux pas me laisser couler dans la tristesse. J'ai une promesse à tenir : une partie d'échecs à finir.

Zen est toujours au garde-à-vous, à côté du placard, et je ne peux m'empêcher de sourire devant sa carcasse inanimée. Qui aurait cru qu'il percerait à jour le mystère de Ludo ? Allez, sac à puces, *ON!*

– Bonjour, Étienne, fait-il. Étienne a les yeux rouges. Étienne a pleuré.

– Oh... tu sais, Zen, c'est un peu comme si je venais de perdre un ami. Ludo n'existe pas. Maintenant, j'en suis certain. Les Millbits avaient raison : leur jeu détraque l'imagination.

– Erreur, rétorque mon robot. Ludo existe dans le livre.

– Ouais, un personnage de roman... Il existe seulement dans une histoire. Et ce n'est même pas la nôtre.

– Erreur un, Ludo existe ici aussi, fait Zen en posant l'index sur ma caboche.

– Ah! ça je le sais, on me l'a assez répété. C'est juste dans ma tête!

– Erreur deux, continue mon robot qui a de la suite dans les idées, l'histoire de Ludo et Étienne existe. Étienne a rencontré Ludo dans le jeu des Millbits. Leur histoire existe.

– T'es con, Zen !

– Erreur. Zen est pas con, Zen est robot !
Ha ! Ha ! Ha !

– Très drôle. Allez, on va finir la partie
et fais-moi plaisir : joue comme du
monde !

– Impossible. Zen est un robot. Un
robot est pas du monde.

Chapitre 11

Les retrouvailles

Sur le coup, je n'ai pas vu que Zen avait une fois de plus résolu un mystère à propos de Ludo. Plus tard, j'ai compris. Oui, mon histoire avec Ludo existait. Et pour qu'elle existe davantage, j'ai commencé à l'écrire.

Aussitôt, le miracle s'est produit: mes mots ont ramené Ludo, encore plus que ne l'avaient fait ceux du roman de Carole Langevin. Je le sentais presque aussi présent dans ma tête qu'il l'avait été derrière les trois portes virtuelles. Ludo revivait notre histoire avec moi. Il m'accompagnait, avec son sourire et ses cheveux qui dansent dans la brise.

J'ai fait lire mon roman à Freydis. Elle l'a tellement aimé qu'elle m'a convaincu de l'envoyer à un éditeur. J'attends une réponse. Et puis, vous allez peut-être me trouver fou, mais tant pis, je vous le raconte : quand j'ai eu fini d'écrire mon histoire, j'ai fait un rêve. Dès le lende-main matin, juste avant de me réveiller. Bon! Vous pensez qu'un rêve, ça ne compte pas. Mais celui-là n'était pas comme les autres. Il avait l'air tellement vrai!

Dans ce rêve, nous sommes de l'autre côté de mon lac, Ludo et moi, dans ma forêt. Je suis si content de voir mon ami chez moi! Il pose les mains sur mes épaules et dit :

– Je voulais que tu saches, pour la fois où tu as fait du surf sur les montagnes...

– Ouais! quand tu n'es pas venu me re-joindre.

– Ç'a été dur, tu ne peux pas te douter! Pour me retenir, il a fallu que je me transforme en souche et que je m'enracine à des kilomètres sous terre!

– Pourquoi te retenir, alors? que je m'écrie. Tu m'en voulais tant que ça?

– Pas du tout! lance Ludo qui pouffe de rire et se met à marcher de long en large. Comment t'expliquer? Bien sûr, je t'en voulais un peu de m'avoir quitté. Mais j'ai aussi vu ton inquiétude, quand tu as parlé des cinq jours qui avaient passé. Et j'ai fini par m'inquiéter à mon tour. Nos rencontres étaient si étranges. Je n'ai pas voulu te mettre en danger, toi... et ton amie qui t'attendait. Ça me rappelait trop cette histoire triste qui m'est arrivée sous la mer Thume. Moi aussi, j'ai déjà oublié le temps qui passait, à trop jouer, et... Mais c'est une autre histoire.

Ludo vient coller son front sur le mien et murmure:

– N'empêche que tu as su me retrouver.

Puis ce n'est pas fini, hein? À nous deux, on va s'inventer des tas d'histoires de fous!

Ses yeux font déjà la fête et son rire sonne si clair que je me réveille... dans mon lit, au matin.

Je devrais être déçu, dites-vous? Eh bien, pas du tout! Je ressens une joie extraordinaire. J'ai reçu la visite de Ludo. Aucun

doute là-dessus. Dehors, il fait un temps splendide. Je cours sur mon petit balcon, en pantoufles dans la neige molle. Le soleil est doux, doux, doux. Partout on entend de l'eau couler : la neige rigole en nous quittant. Moi, j'emplis mes poumons et je crie le plus fort que je peux :

– Ouais ! À bientôt, Ludo ! Promis !

Et tant pis si j'ai l'air fou.

De l'autre côté du lac, un oiseau me répond. Son chant monte comme un joli rire, tandis qu'il s'éloigne à tire-d'aile au-dessus de la forêt.

Table des matières

Mot de l'auteure

Danielle Simard

Quand on me demande : « Où trouves-tu tes personnages ? », la réponse simple est : « Je les invente. » Pourtant, ce n'est pas toujours l'impression que j'ai. Il me semble souvent que je les rencontre, plutôt... Comme si ces personnages existaient quelque part ailleurs. Et que l'imagination n'était qu'un lieu de rendez-vous.

Écrire pour les jeunes, c'est ma façon de ne pas quitter tout à fait le monde imaginaire de mon enfance. C'est mon jeu virtuel merveilleux. Un jeu grâce auquel je garde contact avec Étienne, Zen, Freydis et Ludo. Un jeu grâce auquel je vous fais connaître mes amis et leurs aventures.

Mot de l'illustrateur

Philippe Germain

J'en suis à mon troisième roman avec Zen et...
j'ai toujours autant de plaisir à illustrer ces
situations plus farfelues les unes que les autres.

Des histoires au plus
profond de nos
souvenirs seraient
retracées, grâce à la
machine des frères
Millbits? Imagine si
je pouvais retrouver
tous les dessins qui se
cachent dans ma tête!
Qui sait? Dans
plusieurs années, ce sera peut-être les mêmes
personnages de ce roman qui surgiront dans ta
tête, grâce à cette machine.

Dans la même collection

Bergeron, Lucie,

Un chameau pour
    maman
La grande catastrophe
Zéro les bécots !
Zéro les ados !
Zéro mon Zorro !
La lune des revenants

Bilodeau, Hélène,

Jonas dans l'ascenseur

**Boucher Mativat,
Marie-Andrée,**

La pendule qui retardait
Le bulldozer amoureux
Où est passé Inouk ?
Une peur bleue

Campbell, A.P.,

Kakiwahou

Cantin, Reynald,

Mon amie
    Constance

Comeau, Yanik,

L'arme secrète de
    Frédéric

Frédéric en orbite !

Cusson, Lucie,

Les oreilles en fleur

Gagnon, Cécile,

L'ascenseur d'Adrien
Moi, j'ai rendez-vous
    avec Daphné
GroZœil mène la danse
GroZœil en vedette
    à Venise
Une lettre dans la
    tempête

Gagnon, Gilles,

Un fantôme à bicyclette

Gaulin, Jacinthe,

Mon p'tit frère

Gélinas, Normand,

La planète Vitamine
Une étoile à la mer

Génois, Agathe,

Sarah, je suis là !

Guillet, Jean-Pierre,

Mystère et boule
    de poil

DANS LA MÊME COLLECTION

🐝 lecture facile
🐝 🐝 bon lecteur

Payette & Simms inc.

Achevé d'imprimer en septembre 1999 sur les presses de
Payette & Simms inc. à Saint-Lambert (Québec)